눈먼 말의 해변

류미야
시집

눈먼 말의 해변

솔
시선
24

하루 사이에도 몇 번의 봄과 겨울이 다녀간다.

그 계절을 근근이 나며
나를 잃지 않으려 애쓴다.
길은 없어도 좋다.
없는 길은
잃지 않을 것이다.

첫 마음의 불씨 앞에
다만, 동그랗게
손을
모아본다.

2018. 봄
류미야

| 차례 |

시인의 말 … 5

1부

제2부

제3부

1부

바람의 노래를 들어라

지난 생
아마도 난 북재비였는지 몰라
눈시울 붉게 젖은 노을을 등에 업고
꽃 지는 이산 저산을
넘던 그 시름애비

어쩌면 그 손끝 뒤채던 북일지 몰라
그렁그렁 눈물굽이 무두질로 마르고
소슬히 닫아건 한 채
울음집인지 몰라

그렇게 가슴 두드려 텅텅 울고
텅텅 비워
가시울 묵정밭 지나 산머리에 이르러는,
마침내 휘이요— 부르는
휘파람 된지 몰라

소금사막

바닥이 안 보일 때 그곳에 가 보리라

슬픔도 끝없으면 눈물조차 마르는 걸

그곳은, 눈물 버리고 돌아오기 좋은 곳

어두워지는 일

저녁이 사력을 다해 밤으로 가고 있다
떨어진 잎새 하나 함께 어두워지는
초겨울 가로등 불빛 아래
많은 것이 오간다

낮을 걸어 나오면 밤이 될 뿐이지,
저무는 것들의 이마를 짚어본다
불현듯 낡아 있거나
흐려지는 것들의

서리 낀 풀숲에 겨우 달린 거미줄이나
명부冥府 같은 우물에도
이 밤 별은 뜨리니
죽도록 어둠을 걸어 아침에 닿는 것이다

굳게 닫힌 바닥을 발로 툭툭 차면서
다친 마음 바닥에도 실뿌리를 벋어본다
겨울이 오는 그 길로

봄은 다시 올 것이다

벼루

한 치 빈틈도 없어 뵈는 옥돌인데
오돌토돌 요철 있어 먹이 갈린 답니다

강고한 저 몸 어디에
틈을 품고 있을까요

그 품에 먹을 가니 짙은 못물이 괍니다
날이 섰던 시간도 따라, 우묵해집니다

먹먹한 마음 한 필지
농담인 양 환해집니다

갈 봄 없이, 저 꽃

제비꽃을 알아도
몰라도 오는 봄*

그 봄사 오든 말든 제비꽃
피네

다 떠난 어느 봄날도
아직 피는 중이겠네

구절초를 알아도
몰라도 가는 가을

그 가을 가든 말든 구절초
지네

다시 올 어느 가을도
아직 지는 중이겠네

---

* 안도현 시 「제비꽃에 대하여」 첫 부분에서.

내 마음의 우포

바다 모를 수심이라도
너의 끝에 닿고 싶었다

돌아보니, 못 떠나는
내가 나의 늪이었다

어둔 밤
빗소리에 숨어

글썽이는

저 우포

곁

상자 속 귤들이 저들끼리 상하는 동안

밖은 고요하고
평화롭고
무심하다

상처는
옆구리에서 나온다네, 어떤 것도.

둥근 것만 보면 나는

가시라도 욱여넣어 세 들어 살고 싶네
서름서름 눈물도 초록으로 깊는 날
그 집의 빼도 박도 못할
주인이 되고 싶네

황금빛 눈동자 햇살 아래 여물고
너그러운 가슴은 심지 더욱 굳다가
단 한 번, 허공을 베는
수직의 칼 되겠네

무적無籍의 바람으로 적막을 깨뜨리며
다 지우고 깨끗이 져 터진 밭 내려놓고
고요와 쌍동밤처럼
둥근 잠에 들고 싶네

이카루스

한껏 날아올랐지, 나래 쳐, 올라갔지,

불타는 내 마음이
태양인 줄 모르고

한 발짝 더 가면 녹는 걸
깜빡했어,
바보같이

그 겨울 땅끝

어둠 속 누군가 흐느끼고 있었네
흰 달빛 간신히 끄트머리로 걸려 있던
그날 밤 지상 한 끝에 나도 서 있었네

어제를 다녀간 아픔과 부끄러움이
참회의 물보라로 차마 뛰어내리며
결벽의 무릎을 꺾어 산산이 부서진 밤

해조음에 씻긴 새벽빛 등에 지고
시린 눈 부비며 마을로 돌아갈 때
무수히 지도에 없는 길 생겨나고 있었네

돌아보지 않는 끝이 낭떠러지라는 걸
악물고 돌아선 앞이 길 끝의 길이란 걸
천지간 붉게 일어서는 땅의 끝에서 보았네

만해마을에서

눈에 별이 돋아 마가목 숲에 갔습니다

캄캄해진 별들이
간간, 마음 떨굽니다

하늘엔
눈물 항아리

숨어 우는 것들이 묻은

이상한 셈법

일테면 쌀통은 채우는 통 아닌 거라
알고 보면 그건 비워내는 공空인 거라
온전히 덜어내야만
새것 담을 수 있는

오래 머무는 것 되레 저를 무르게 해
움켜쥔 상처는 제 속에 알을 슬지
호젓이 흐르는 그 일
미움이 비움 되는 길

하나에 하날 더함이 둘의 굴레 아님과
하나서 하날 덞이 텅 빈 허사 아님을
노여움 제하고 남은
기쁨으로 알겠네

봄

저기 춤추는 것
무언가
바라보니

나비는 꽃피고
꽃향기 깃을 치네

아니네, 눈 부셔 보니
멈춰 있네
나 흔들리네

유화柳花, 버드나무 서신

나는 하백의 딸, 물의 부족이지요
내 낳은 버들치는 눈물 속에 살아요
목마른 기다림이야
핏줄의 내력입니다

옷섶에 진 은하가 발등을 적시는 밤
넘실대던 마음이 강물로 풀립니다
건너지 못하는 몸은
물주름만 헵니다

역마의 굳은 뼈 은빛구름 발목을 한
당신은 별의 家門, 바람 아들인가요
여울물 발굽 소리에도
그리움 깊습니다

오늘도 푸른 수건 가지마다 괴어놓고
잠보다 무거워지는 속눈썹을 떨굽니다
행여나 길 잃으실까

물빛 그늘 흔들며……

땅끝마을 동백

나를 져
허물어진 신발을 벗은 곳에서
나는 허물을 벗고 나를 이겨
돌아왔다

이따금, 그때 눈발 사이로

빨갛게

터진
발들

끝나지 않은 이야기

달맞이꽃 한 송이 여리게 흔들리네
그 위에 전생을 부려놓고 가는 바람
삼생三生을 다해도 못할
무진장의 이야기

날 밀어 올린 것도 된서리 먹장구름 노을빛 자장가와
아기노루 눈물 같은 비 자꾸만 감기던 눈을 일깨우던 주
름손……

어둠 너머 사라진 이제는 먼 이름들이
별빛으로 다독이며 나를 길어 올렸네
모나고 못난 대궁을
은정恩情으로 피웠네

월훈月暈

꿈에도 안 뵙니다
대낮도 그믐처럼

그러면서 밥 먹고
그러고도 잘 삽니다

흐린 눈, 먼 어머니 아직
내 잠
지키시는데

단란한 허기

어떤 건 키가 짧고 어떤 건 귀가 긁힌
짝짝이 여섯 벌 수저 산새처럼 정다웠네
저물녘 정갈히 닦여 단칸에 몸을 뉘던

한 통 속
달그락대며 그 겨울을 건넜네
빨간딱지* 들러붙은 상처를 녹여가며
등 기댄 몸의 온기로 밤 아궁이 지펴서

싸락싸락……
흰 눈이 고봉으로 내린 아침
시린 몸 쟁쟁 울려 온 하루를 덥히던,
그 어떤 호령 앞에도 뱃속 두둑하던
한통속

_____

* 압류표

손가락부처

일생을
바닥을 닦아
저물녘 생불이 되다

행적마저 지워서
무설설無說說
법문이 되다

어머니
옹이진 능선마다
들어앉은
천불천탑

지고이네르바이젠[*]

몰랐네 그 운명
그 공명이
아버지인 줄

눈보라 휘모는 황혼의 벌판에서
뒤돌아 홀로 흐느낀
아버지인 줄 몰랐네

떠도는 굽이굽이 비춰준
집시의 달,

가슴 이지러지는
곡조로나 곡哭하며

허리춤
휘게 넘으신
아버지인 줄 몰랐네

---

* '집시의 선율'이라는 뜻의 바이올린 곡. '집시의 달'로 더 알려짐.

엄마

밤새 큰 그림자 벽지 위로 너울댔다
졸린 눈 비벼 뜨면 알전구 불빛 아래
한 번도 당신 것이 못된
남의 옷 짓는 엄마

잰 발틀 소리가 개밥바라기 별로 뜬 밤
머루알 같은 어린 잠들 밤모롱이서 익는 동안
꽃잠과 바꾼 옷 한 채는
다순 밥이 되었다

못 떨친 약봉지는 희망의 주저흔躊躇痕
기운 쪽창 틈으로 가는 볕 찾아들 때
어머니 밭은기침은 울걱,
붉은 꽃으로 피고

꽃숭어리들 깔깔대던 여학교 졸업식 날
난생 처음 나비옷 손수 지어 입으시고
화안한 햇살 아래서

박꽃처럼 웃던 엄마

2부

초승달

적막으로 걸어 잠근
어둠의 문 바깥에서

수런대는 인간의 뜰
너무
궁금해

천공天公이 실눈을 뜨고
엿보시는 중이다

수련

움푹, 팬 마음을
윤나게 닦아
널었습니다

쏘던 햇살
바람도
눈매가 순해졌습니다

공손히 중심에서 모두
손등 포개는
한낮입니다

기리는 노래
―쓰레기통

만약 신이 계셔
세상 살피러 온다면
이런 모습쯤으로 다녀가지 않을까요
모질게 모지라진 것
그 이름마저
품어주는

누구는 발로 차고
낮엔 침도 뱉겠지만
세상 끝을 지키는 아름다움
모른다면
그 어떤 아름다움도 세상
지키지 못할 테죠

입동

쑤덕쑤덕
누이처럼 쑥새 울고 간 자리

십일월 간이역엔
산 것들 분주하다

산그늘
언 손 부비며
생각 잠긴 청설모

바람

숫눈처럼 부드럽고

바위처럼 강인한

세상 다 어루만진

보이지 않는 손이

강가에 울며 선 사람

목덜미를

쓸고 있다

종이무사

부주의한 손놀림이 끝내 피를 불렀다

기껏 백면서생에게 눈 뜨고 베이다니 창백한 지식인이라
누가 참소했는가 소리 지운 웅변의 웅혼함을 아는 그, 서슬
퍼런 침묵과는 밤새 합을 겨루며 공포의 백지상태로 혼절
키도 하지만 필사의 담금질로 의미심장 찌른 밤엔 쾌재의
종지부 찍고 새 장을 열기도 한다

칼을 벼린 일도양단은 날카로워 위험하고
칼을 버린 언어도단은 날것이라 위태하다

그의 앞 방심은 금물, 항시 허虛를 조심하라

새

온전히 저를 태워 일획이 된 살별*처럼

다만, 사라짐으로 허공을 끌고 가는

저

한 점

방점을 찍자 완성되는

하늘의 말

---

* 꼬리별

지붕

하늘은 바닥을 내려놓은 이곳에서
다락같이 높푸른 제 키를 세워간다

마음의 바다과 하늘도
그렇게 서로 괴고 있다

사과의 배꼽

나무에 매달린 건 아직 사과가 아니네
그것은 가지가 피운 단지 하나의 정념情念
나무의 거친 생각이
부끄럽게 익어가네

탯줄을 끊고서야 비로소 사과이네
'나무'도 '열매'도 아닌 오직 한 알의 사과!
저 배꼽, 힘찬 결별이
사과를 만들었네

아침 이슬

푸른 하늘
어린 눈
이마, 젖지 않았다

세상 모든 귀퉁이에
찬란은 숨어 있어

깨어진 사금파리 위
새로 돋는
빛

봄
― 얼음새꽃

알전구 불빛 노란 산골짜기 오두막
마음 순한 사람들 두런두런 삽니다
가난도 삼동三冬을 녹어
어깨 따숩습니다

때론 동장군도 주저앉고 싶나 봅니다
으름장 내려놓고 하룻밤 묵어가려다
오종종 낯빛에 그만,
강철심장 녹았답니다

각설탕

인생은 쓴맛이라 체념하듯 말하지만

휘휘 녹아들면 단맛도 나는 법이라고

잔뜩 준 어깨 힘 풀면서 그가 내게 말했다

merry-go-round

놀이동산에 태어난 건
그의 탓 아니에요

―빙글빙글―즐거운 메리―우쭐우쭐―고고한 메리―

언제나 꼬리를 쫓는 앞은 늦고
뒤는 빨라요

―어제의 나―오늘의 나―내일의 나―미지의 나―

따라잡히지 않으려
죽도록 달렸지요,

비로소 평안해진 건
땅에 내린 다음이에요

神의 증거

한 주 하고 사나흘 뚫린 듯 비가 왔다
최신식 구조물과 배수관도 소용없었다
마천루 하늘 가린 벽도
비 한 방울
막지 못했다

석 달 하고 열흘을 비 한 모금 오지 않았다
사람과 산천 모두 타들어 가며 아우성쳤다
작아져 미물이 됐을 때
비로소
적셔주었다

고해

하늘이여

오늘도 이 나를

사하소서

양떼 같은 구름 모두

푸른 초장에 먹이시고

그 아래 삿대질하는

사람들 다

품으시는,

한밤의 몽상

빛 없는 어둠에선 숨을 데가 없지요
한 치 앞 못 본단 건
쉽게 들킨다는 뜻
숨느라 바짝 붙어 선 벽 관절이 투둑대요

냉담했던 냉장고의 흐느낌 들리나요
퉁퉁 부은 고독은 골목마다 다니는데
목덜미 문득 서늘할 땐
그가 곁에 온 거죠

오래전 관습들만 그림자로 살아남아
흔들의자에 앉아 시간을 짜 늘이고
그 줄 끝 붙들린 우린
인형처럼 춤춰요

의지라고 착각한 납덩이를 매단 채
새도록 달립니다, 심지어
꿈속에도

한밤 내 벽을 긁으며 고양이는 경고해요

빛 없는 어둠일수록 민낯은 잘 보이죠
숨을 데는 많지만 숨 쉴 수 없는 낮을
용케들 걸어 왔네요
이리 순한
얼굴로

어느 만년 꼴찌 선수의 최후승리

불가능 선고에도

자신을 쏘아 올려

볼트*가 일껏 뛰는 새

자기 별로 날아간,

지구를 매번 뛰어넘은

그의 승리가 분명했다.

---

* 우사인 볼트. 현역시절 내내 단거리 육상의 제왕으로 군림했다.

무궁화 꽃이 피었습니다

마법의 주문에 꽃들이 폈다, 졌다,

한 봉오리
"숨셔도 돼?" 하니

까댁이며
"응!" 하는 꽃

그 꽃말 ― '서로 숨 쉬게 하는 것'

오늘서 처음
알았습니다

연애

그렇지, 놀음이지
놀음 아닌 무엇이리

더불어 그리는 데
재는 마음 없으니

등 미는 겨울바람도
네게 가는 지름길

저물도록 해도 잊고
꽃 지도록 봄도 잊고

오로지 그 얼굴,
그 얼굴만 꽃이 되는

스무 살 풋마음 아닌 것
감히 사랑도 아니리

매화나무 가지 위에 뜬 달

눈 아닌
마음으로 본다는 말
믿게 됐네

지나가는 것들에 찢기기도 하면서
마음이 차오를수록
너도 눈감았겠지

맹목盲目으로 눈멀어 숱한 날 더듬거려도
겨울나무 터진 등
끝내 잊지 않았지

그런 너, 크게 웃는 걸
나 본 거야

꽃눈 돋은 날

코스모스

목 늘여도 가는 별
땅 위엔
은하銀河

자랑도 구걸도 없이
붉어진 눈시울로

우리도 먼지 이는 길가
저렇게 서서 걸어왔느니

나무

죄 없이 그늘을 드리운 저 나무
지친 저녁새에겐 어깨를 내주며
바람이 후려칠수록
깃대가 되는 나무

눈머는 침묵쯤 여백으로 들이고
갓 난 초록문장 사락사락 받아 적는
아직도 아침의 마음인
바보 같은 나무

눈에 밟히는 것들 차마 밟을 수 없어
어디론가 떠나지도 못하는
다정多情,
그래서 눈물 잦은 계절 더
푸르러지는 나무

3부

모두가 아는 골목의 비밀

해가 난 날에도 볕들지 않는
그 골목엔
생각난 듯, 자주 비가 내리고는 하였다
빗물의 뒤꿈치를 타고
그늘이 흘러 다녔다

나기만 하는 그 자리, 새 집 또 들어선 날
말할 수 없는 나는 말 못 할 마음으로
며칠 전 엎어져 있던 막사발을 떠올린다

세상엔 늘 슬픔이 몸을 바꿔 찾아오고
마른날도 여지없이 빗줄기
들이치는데
눈물이 향하는 곳을
우린 말할 수 없다

소리가 지워진 환한 유리창 너머
새로 돋은 별처럼 젊은 주인은 웃고

문밖엔 까만 어둠이
머뭇대며
서 있다

도시의 인어

바구니에 쩔겅, 비늘색 은전 몇 닢……

검게 이겨진 꼬리로
회벽 물풀을 가르며

사내는
오늘 하루도
잘 살아남았다

실종

사내의 떨켜가 진 곳
낙엽들 앉아 있다

늘 등의 표정만 잎맥처럼 무성하던,
아무도 기억 못하는 한 아침이
지워진 날

한데 머리를 묻고 허기 채우는 새들 곁
공복으로 겨운 수레
죽기로 비워 내더니,

미제未濟의 부재를 통해
끝내 입증되었다

누란의 집

집게입 톱날다리로 금문살 짜 늘이던
왕거미, 해달 먹고 빛으로 지은 하늘궁전
파르르 부나비 한 장 부적으로 걸렸다

눈먼 어둠 파먹고 밤새 이슬 굴리면서
불명不明 속 불멸을 꿈꿔
허방 위에 세운 집

동틀 녘
큰바람 지난 뒤
촛불처럼 훅, 꺼졌다

시화호 갈대

한 닢 쩐에
웃다가
한낱 꿈에
울다가

가슴 텅 빈 사람들
떠내려 와 모인 이곳

지상의 하루를 버틴
발목들
부어 있다

중앙역

어둠이 번져가는 녹슨 철길 너머에서
잰 하루 가로지른 전동열차 들어온다
십일월 안산 중앙역
발목들이 젖어 있다

24시 편의점 문간에 선 두 남자
젖은 군불 한 점으로 하루를 불러오는데
귀퉁이 굴린 말끝에
묻어 있는 초원의 바람

어느 계절 빗줄기로 들이쳤을까 저들은……
스스로 쫓겨온 자의 오지 않은 절정은
서러워 더욱 환한 꿈
기적汽笛이 덜컹인다

꺼져가는 불빛 속
잦아드는 기억들
변방의 거친 꿈이 뒤척일 오늘 밤도

먼 고향 마른 들녘엔 달이 밝으리

빗속, 갈기 날리며 뛰어드는 사내들
곤두질로 빗줄기는 바닥을 일어서고
깃 치며 비둘기 몇도
하늘 날아오른다

어떤 동거

볕 든 지하도 입구

한 사내
곁을 내주자

다리 하나 비둘기
비칠, 걸어 들어간다

겨울날 나누어 덮은
햇살빛
모포 한 장

선물

펼쳐 든 책갈피 위
툭! 하고 떨어지는
— 저는 말을 못함미다 동전이라도 도와주세요

때 묻은 사연 뒤 슬몃
천 원 한 장
건넸는데

생각 지운 마음이 빵 한 쪽은 되리라
문득 만날 적마다
그니에게 건넸는데,

오늘은
사연도 없이 슬쩍
껌 한 통을 놓고 간다

카르페 디엠[*]

"육십꺼정도 싫었쥬…… 힘든데 뭐더러유? 그 냥반 냉긴
지팽이 근디 내 울중 고쳤슈. 산머리 척, 올라서면 그땐 참
말 산 것 같쥬."

77세 그녀 별호는 북한산 날다람쥐^{**}
오롯한 '산 것'으로 오늘 절정을 오른다
푸른 봄! 청춘은 저런 것
언제나 산, 현재진행형

---

[*] 라틴어로 '현재를 즐기라'는 뜻.
^{**} 2016. 6. 20. 《중앙일보》 기사 재구성.

터미널 국밥집

마음이 종착인 날은 터미널로 가보자
보따리에 실려 온 고향 내음도 맡고
설렘과 아쉬움이 빚는 풍경에 젖어보자

그래도 못내 허전커든 국밥집에나 들어
소박한 허기가 부른 맑은 식욕을 느끼며
어느새 어깨에 내린 어둠까지 말아보자

마른 생도 젖은 생도 밥보다 뜨거울까
쩔쩔 끓는 국물에 눈콧물 다 쏟아내고
마지막 한 방울까지 삼키고 돌아오자

관계를 건너는 법

서로가 등을 세울 땐
마음이 절벽이지
그 벽 앞 깎아지른 듯
절 한 채 서 있으니
위대한 순례자처럼
자박자박 걸어가자

상처가 추락 앞
날갯짓으로 솟듯
절망도 와 박히면
톱날 맞선 옹이가 되네
벽이야 뗏목쯤 타고
우릉쾅쾅 건너보자

석벽에 길 내는 건
갈맷빛 여린 이끼
바람비 쇠망치는
못 세워 허물뿐이네

낙타의 뚜벅걸음으로
열사熱沙라도 건너가자

다정한 밥

거친 쌀 안치듯
말의 돌 골라본다

숨어 있던 검불들
행간 위로 떠올리면

이윽한 기다림 뒤로
따뜻한 詩
한 그릇

성글고 투박한 식탁
비록 남루하여도

맑은 노동의 한 끼니
마른입에 달듯이

언제나 조금 설거나 된
내 말의 밥

애틋하다

詩

각종 수상 소식에 술렁이는 문단의 계절

……외진 곳 제게까지 소식 주셔서 감사합니다…… 어렵게 주신 기회에 예의가 아니지만 그런데 저는 최근 맘에 드는 시를 못 써 스스로 시인이라 인정하지 않는데…… 더 좋은 시인들에게 지면이 가길 바랍니다 저의 진심이기에 부디 오해 없으시길……

아니라 했지만 그는 내내 쓰고 있었다

해설도, 각주 한 자도 필요 없는
이런 詩.

토르소

어둠 속 생각은 무저갱의 낭떠러지
바닥없는 그 절벽을 뛰어내리지 못한다
마음은 머나먼 여정
손발까지 영원이다

가슴속 이야기가 백지에 스미는 밤
밤을 다해 달려도 못 닿는 곳이 있다
관창이 끊어낸 것은
목이던가 말이던가

허투루 짓는 표정 손발의 일 아니면
흔감한 혀의 언사 일생의 길 못 된다면
차라리 사족은 지운다
가슴 하나 남긴다

올해의 시

모든 꽃이 곧 시니
모든 시인은 절정이다
10선 100선 안 뽑혀도 산 만큼 시의 날들
시 쓰는 모든 새벽은 태초의 어느 아침

귀먹은 돌멩이가 늙은 솔을 괴고 있는
오늘의 들판이 풍경으로 피고 있다
저 중에 고운 백 가지
가려 무엇 할 건가

말들의 해변

울음 다 쓰고야 새벽이 오는 그곳

다락 같은 말들과 흰 당나귀 뛰노네

일평생 시마詩魔를 달래다

끝내 눈먼 그들*도.

---

* 시인 호머는 장님이었으며, 박경리는 말년에 시 「눈먼 말」을 남겼다.

거울

어떤 몸집 앞에서도 눈 하나 깜짝 않고
물러나면 저도 뒷걸음, 나아가면 맞선다
덧대는 감언 한 소절
미사여구도 없다

너무 맑은 물에는 깃드는 것 없다지만
그예 먼지 한 톨도 그 가슴은 품어서
오가고 나드는 것 다
손님이고 주인이다

때로는 아니 본 듯 외면하고 싶다가도
차마 눈 감을 수, 눈멀 수도 없어서
부릅떠 세상 지키는
슬픈 시인의 눈이다

전대미문 유의어 사전의 어느 페이지

비평가

질긴 말 거죽을 낱낱이 해체하여 얼뜬 접속의 솔기까지 밝혀내는 전문가. 가공의 예지력으로 감정조차 감정한다.

시인

바닥난 고도에서 고도를 기다리며* 먼 달을 바라며 숨소리나 엿듣고, 별들의 부스러기로 말의 사구를 쌓는 자.

거리의 악사

적지 않은 악보가 유일한 그의 적籍이며 못다 부른 노래만이 순례의 족적이니, 미문**은 수사***들의 것.(목청보다 시린 발목)

---

* S. 베케트(1906~1989)의 부조리 희곡.
** 예루살렘 동쪽의 아름다운 성문.
*** 수도사.

수족관 앞에서

물의 밀림을
쳐내며

전진
전진
전진
전진

햇살,
튕겨나가고

길이 되는
푸른
몸

내 언어, 솟구쳐 오른 저 활어가 되고 싶다

선종
—매미

태생이 시였다

환한 저
배냇수의

목쉰 곡조
그늘 밑

사람들 으늑했다

生이란
한바탕 맴돌기,

제 예언을 살다 갔다

달맞이꽃 이야기

목련꽃 그늘이나 저물녘 처마 혹은
변두리 공터 곁에
나는 자주 서 있었네
구월도 가는 구월의 뒷모습을 쫓았네

언제나 그늘 속엔
빛살이 묻어 있어
스러지는 잔광殘光에 입술을 갖다 대면
별빛도 지는 별빛이 글썽이며 답했네

달그림자 아래서 나는 자주 울었지만
어둠을 지나지 않고 꽃필 수는 없었네
그늘로, 그늘로만 다녀
빛 한 송이 되었네

지혜

꽃들이 입 다문 것

땅들이 엎드린 것

우물이 제 몸속에 눈물샘을 감춘 것

뼛속을 비운 새들이 하늘 다 가지는 것

다행한 일

이 생에서 나 하나 잘한 일이 있다면
고요한 견딤으로 기다릴 줄 알았단 것
이윽히 나비 날갯짓 바라볼 줄 알았던 것

바람 지난 자리에서 꽃잎 가만할 때까지
여윈 겨울나무에 여린 꽃눈 돋기까지,
멍 그늘 짙은 숲 속에선
가만 손등 감싼 것도

금빛 햇살 자란자란 물무늬 이는 강변
드러난 나무 밑동 위 낙엽을 덮어주며
갈대의 겨운 속울음 춤이 되는 걸 바라보네

별들의 불면 곁에서 선잠을 자다 깬 듯
이 생에서 나 무엇도 이룬 것 하나 없지만
고요히 바라보는 행복
알게 된 일 참, 다행이네

겨울을 견디고 피어난 한 그루 꽃나무를 위하여

김일연(시인)

한 줄의 시와 삶이 다르지 않아야 진정한 시인일 것이다.

명경지수明鏡止水.

맑은 물에 모든 풍경이 비친다. 물결이 일지 않는 고요한 물이어야 한 점 티끌 없이 풍경을 보여주고 시인은 이런 고요한 마음에 비친 세상을 시로 노래한다.

류미야 시인은 고요한 자태의 사람이다. 나지막하게 얘기할 때면 목소리도 고요하게 들린다. 이런 고요 속에 그의 커다란 검은 눈동자도 명경지수처럼 맑다.

그러나 오래 걸리지 않아 나는 그의 우물같이 깊은 눈동자 속에서 정념의 일렁거림을 발견하곤 했다. 그 정념의 일렁거림은 내부의 깊숙한 곳에서 넘쳐 나와 솟구쳐 오르는 힘을 간직한 그런 것이었다. 무엇이 그에게 이런 힘을 심어

놓은 것일까.

그이가 내게 전해준 첫 시집의 원고는 긴 겨우내 찬바람과 모진 눈보라를 견딘 나무가 많이 참았다고, 그동안 힘들었다고 온몸의 정념을 끌어올려 터트리는 향기로운 꽃송이, 아직은 추위가 가시지 않은 이른 봄, 그런 붉은 울음을 피운 한 그루의 매화나무와도 같았다.

울음 다 쓰고야 새벽이 오는 그곳

다락 같은 말들과 흰 당나귀 뛰노네

일평생 시마詩魔를 달래다

끝내 눈먼 그들도

—「말들의 해변」전문

어둠이 익숙한 사람들, 늘 어둠 속에 살아서 어둠이 어둠인지 모르고 살아가는 사람들이 많으면 많을수록 그 사회의 새벽은 더디 온다. 인간이 가진 본연의 어둠이든 정의롭지 못한 사회의 어둠이든 시인은 어둠을 우는 사람. 시인이 아직 어둠 속에 있다면 울음을 다 못 쓴 까닭이다. 울음을 다 쓰고야 시인의 새벽은 온다고 시인은 말하고 있다. 시인의 새벽이 오는 그곳에는 '다락 같은 말들과 흰 당나귀'가 뛰놀고 있다. '다락 같은 말'은 정지용의 시 「말」 중에 보이고 '흰 당나귀'는 백석의 시 「나와 나타샤와 흰 당나귀」에 보인다. 이 두 번째 행은 우리를 단번에 「말」에 나타난 소박하고 맑은 동심의 그리움과 「나와 나타샤와 흰 당나귀」의 현실의 고뇌를 넘어선 깨끗하고 순수한 꿈의 세계로 데려간다. 그리고 이어 호머와 박경리의 '문학' 속으로 우리를 풀어놓는다.

'모든 위대한 문학작품은 『일리아스』이거나 『오디세이아』이다'라고 하는 그 인류 최고의 작품을 남긴, '고대 그리스 전역을 돌아다니며 구걸하던 가난하고 눈먼 가수'의 총칭인 호머. 이 두 작품은 '인생 전체가 하나의 투쟁이자 여행이라고 말해주는 우리가 아는 한 가장 오래된 은유'라고 일컬어지는 바로 그것이다.

그리고 「눈먼 말」이라는 시 속에서 문학에 대한 천형과 같은 열정을 "글기둥 하나 잡고 / 내 반평생 / 연자매 돌리는 눈먼 말이었네"라고 노래한 박경리.

이 짧은 한 편의 시 속에는 '일평생 시마詩魔를 달래다 끝내 눈머'는 몰두가 있어야 마침내 한 편의 좋은 시를 쓸 수 있는, 새벽이 오는 해변의 그 근원적 무한성에 가 닿을 수 있을 거라는 깨달음을 노래한, 시와 문학을 아우르는 무한의 상상력이 염결한 절제 속에 담겨 있다.

류미야 시인이 쓰는 것은 시조이다. 류미야 시인은 우리 나라의 시인 '시조'를 쓰는 우리나라의 시인이다. 그러므로 위의 시는 한 수의 시조, 라고 해야 맞는 말이다.

먼저, 우리의 시이지만 불행하게도 시조에 익숙하지 않은 독자를 위해 '시조'에 대한 짧은 소개를 드린다. 우리의 전통 문화가 지극한 세련, 지극한 정일과 고요, 지극한 절제에 다 다른 고급한 문화이듯이 시조 또한 그것들을 그 이상理想으로 한다. 역사상 이러한 우리 문화의 전통이 짓이겨진 잔혹한 시련의 기간이 있었고 그 이후 사회의 급격한 변혁으로 인해 제자리를 찾지 못하고 있는 현실이지만 시조는 엄연히 독창적인 우리 천년의 노래이며 우리의 문화와 언어에 대한 철저한 인식을 바탕으로 그 양식의 완성을 이룬 정형시이다. 그 정형률은 3장 6구 45자 내외. 그것이 홑이면 단시조가 되고 이어져 있으면 연시조가 된다.

현대의 시조시인들은 모두 현대시조를 쓰고 있다. 시조 시인들의 시 쓰기의 접근법은 자유시인들의 그것과는 사 뭇 다르다 할 것이다. 형식미와 함께 완결미, 고도의 절제 미, 세련된 파격미 등으로 요목화되는 옛 시조의 미학은 현 대시조에도 그대로 이어지지만 내용은 현대의 사유와 감 성을 담는다. 시조미학은 느슨해지는 것을 용서하지 않는 다. 난해한 말의 유희, 시상의 늘어짐, 요설을 용납하지 않는 몰두를 요구한다.

징은 중심에 맞아야 하늘의 소리가 나고 북 또한 중심에 맞아야 땅의 소리가 난다. 그래야 소리가 깊고 오래 퍼지며 울림이 커져 바닥에서 길어 올리는 소리가 된다. 매 순간의 삶도 그러해야지만 후회 없이 살았다 하겠지만 시조 역시 극명히 그러한 특성을 지녔다.

시집 『눈먼 말의 해변』에는 울고 있는 풍경과 인내하는 풍경들이 많이 보인다.

> 눈보라 휘모는 황혼의 벌판에서 / 뒤돌아 홀로 흐느낀
> / 아버지
>
> —「지고이네르바이젠」 부분

> 한 번도 당신 것이 못된 / 남의 옷 짓는 엄마
>
> —「엄마」 부분

> 저녁이 사력을 다해 밤으로 가고 있다…… // …… / 불
> 현 듯 낡아 있거나 / 흐려지는 것들 // 서리 긴 풀숲에 겨우
> 달린 거미줄
>
> —「어두워지는 일」 부분

그렁그렁 눈물굽이 무두질로 마르고

                              ―「바람의 노래를 들어라」부분

하늘엔 / 눈물 항아리

                              ―「만해마을에서」부분

어렵지 않게 뽑아본 이 시구에서처럼 많은 시편들이
소외되고 버림받고 가난하고 여린 이들이 끊임없이 받는
상처 속에서도

바닥이 안 보일 때 그곳에 가 보리라

                              ―「소금사막」부분

마음이 종착인 날은 터미널로 가보자

                              ―「터미널 국밥집」부분

죽도록 어둠을 걸어 아침에 닿는 것이다 // …… / 다
친 마음바닥에도 실뿌리를 벋어본다

                              ―「어두워지는 일」부분

이와 같이 스스로를 치유하며 인내하며 살아가는 모습들,
그늘 속에서도 올곧은 삶을 살고 있는 모습들에 바쳐지고

있다. 마치 시란 마이너리티를 위한 것이며 그 마이너리티의 고통에 바쳐지는 것이라는 것을 웅변하기라도 하듯.

'보는 것이 눈의 본질이 아니라 눈물이 눈의 본질'이라 하였다. 보는 것은 곧 앎인데 그 앎만을 추구하는 보는 눈이 인류를 비탄에 빠트렸다 하였다. 자크 데리다는 울고 있는 눈만이 보는 눈의 폐해인 폭력과 광기와 전쟁의 광포한 역사에서 사람을 구원할 수 있는 '선한 눈'이라 하였는데 이 시집은 온통 시인의 울고 있는 눈으로 가득 차 있다.

맹목盲目으로 눈멀어 숱한 날 더듬거려도 / 겨울나무 터진 등 끝내 잊지 않았지

—「매화나무 가지 위에 뜬 달」부분

눈멀지 않으면 이 짧은 생의 나날을 어이 견디리. '맹목盲目으로 눈멀어 숱한 날 더듬거'린 시인이 그러나 끝내 잊지 않고 있는 것도 혹한을 견디고 있는 '겨울나무 터진 등'이다. 시인의 시를 읽고 겨우내 찬바람과 모진 눈보라를 견딘 나무가 그 붉은 울음으로 피운 꽃을 연상하는 것도 이런 연유에서일 것이다.

겨울나무가 혹한을 견디듯이 삶은 기다림, 인내하고 견디는 것으로 이어진다. 시인의 시조 안에도 무척이나 많은 기

다림이 있었다. 그러나 시인은 '이윽한 기다림 뒤로' 오는 것은 '따뜻한 詩 / 한 그릇' 임을 깨닫는다. 그 밥은 '언제나 조금 설거나 된' 것이었으며 그리하여 다시 기다리고 기다리는 것일 것이지마는 그러나 그것을 '애틋하'게 바라보는 따뜻한 눈길을 갖고 있다. 인내하며 사는 것들의 아름다움, 시인은 '귀먹은 돌멩이가 늙은 솔을 괴고 있는' 풍경까지도 놓치지 않는다.

그리하여 마침내 '고요한 견딤'으로 '갈대의 겨운 속울음 춤이 되는 걸 바라보'는 행복에 당도한다. 고통과 눈물조차도 노래로 표현하려고 하는 것이 시의 낙천성. 노래하고자 하는 욕구가 언어를 억제하며 리듬을 창조해내었다.

이 생에서 나 하나 잘한 일이 있다면
고요한 견딤으로 기다릴 줄 알았단 것
이윽히 나비 날갯짓 바라볼 줄 알았던 것

바람 지난 자리에서 꽃잎 가만할 때까지
여윈 겨울나무에 여린 꽃눈 돋기까지,
멍 그늘 짙은 숲 속에선
가만 손등 감싼 건도

금빛 햇살 자란자란 물무늬 이는 강변

드러난 나무 밑동 위 낙엽을 덮어주며
갈대의 겨운 속울음 춤이 되는 걸 바라보네

별들의 불면 곁에서 선잠을 자다 깬 듯
이 생에서 나 무엇도 이룬 것 하나 없지만
고요히 바라보는 행복
알게 된 일 참, 다행이네

— 「다행한 일」 전문

　「말들의 해변」은 단시조이고 위의 「다행한 일」은 네 수의 단수로 이루어진 연시조이다. 각 수는 모두 독립성을 유지하는 가운데 첫 수는 들어가고 둘째 수는 풀어주고 셋째 수는 전환하고 마지막 수는 다시 첫 수와의 연결을 이루며 결말을 맺는다. 깔끔하게 연시조의 구성을 보여주고 있다. 시조의 가락이라고 하는 것은 언어의 가락만을 말하는 것은 아니다. 언어의 가락도 가락이려니와 파도의 같은 의미의 출렁거림, 펼쳤다가 오므리고 죄었다가 놓아주는 시상의 리듬이 시조에는 있다.

저기 춤추는 것
무언가
바라보니

나비는 꽃피고
꽃향기 깃을 치네

아니네, 눈 부셔 보니
멈춰 있네
나 흔들리네

—「봄」 전문

　이 시조를 읽으며 장자의 꿈, 호접몽을 생각했다. 장자는 꿈 속에서 나비가 된다. 아니, 나비가 장자가 된 것인지도 모른다. 그리하여 무궁한 곳, 초월의 세계를 난다. 절대 자유의 정신체 인 진군眞君은 경험계의 속박이 없는 무궁한 곳에 노닌다.
　시인 역시 시 안에서 초월의 세계를 넘나든다. 그러나 시 인의 꿈은 무위자연에 들기 위함이 아닌 삶의 비의를 찾기 위한 것이다. 이 시조 안에서 나비는 꽃이 되어 '꽃피고' 꽃 은 나비 되어 '꽃향기 깃을 치'기도 한다. 이처럼 꽃과 나비 가 서로 몸을 바꾼다. 그리고 종장에서는 그러하던 꽃과 나 비가 나와 또 몸을 바꾼다. 내가 그들이 되어 흔들리고 있는 혼연일체, 물아일체의 세상이 '저기 춤추는 것 / 무언가 / 바 라보'는 이 찰나의 순간에 펼쳐졌다.

시인이 쓰고 있는 것은 이 시대 최고의 아방가르드 문학인 시조이다. 난해시와 장시, 노래도 힙합에 맞춰 이야기하듯 노래하는 랩이 현대의 흐름이라면 함축과 절제를 요구하는 시조는 분명 이 시대 아방가르드의 문학일 것이다. 그러나 시조「봄」이 그렇듯이 결코 난해하지 않게 그 모든 것을 싣고 있다.

누군가는 그럴 것이다. 왜 3행을 이어 쓰는 시조의 정형을 지키지 않느냐고. 그러나 우리는 시어와 시어 사이, 행과 행 사이, 이미지와 이미지 사이, 의미와 의미 사이에 있는 행간도 그대로 시의 언어임을 알고 있다. 현대시조 역시 의미와 이미지와 리듬을 위한 행갈이를 하고 연을 구분한다. 그렇다고 시조가 아닌 것은 아니다. 시조는 특유의 완결을 지향하는 구성이 있어 시와는 확연히 구분되는 것이다.

아무리 복잡다단한 사건이며 난해한 이론도 그 기본은 간결하다. 아무리 화려한 패션일지라도 그 바탕은 단순이다. 가장 아름다운 것은 단순한 것과 통한다. 기본에 대한 생각은 우리를 다시 제자리로 돌려놓는다.

상자 속 귤들이 저들끼리 상하는 동안

밖은 고요하고

평화롭고
무심하다

상처는
옆구리에서 나온다네, 어떤 것도.

—「결」전문

일테면 쌀통은 채우는 통 아닌 거라/ 알고 보면 그건
비워내는 공인 거라/ 온전히 덜어내야만 /새것 담을 수
있는

—「이상한 셈법」부분

그리하여 시인의 사유는 "온전히 덜어내야만 / 새것 담을
수 있다"는 의젓한 통찰에 이른다.

나를 져 / 허물어진 신발을 벗은 곳에서 / 나는 허물을
벗고 나를 이겨 / 돌아왔다

—「땅끝마을 동백」부분

나는 그가 늘 허물을 벗고 이겨 돌아오기를 바란다. 그리
고 "한 치 빈틈도 없어 뵈는 옥돌인데 / 오돌토돌 요철 있어
먹이 갈리는" 벼루처럼 강고한 그 마음 가운데 삼라만상이

자리할 수 있는 많은 틈을 품고 있기를 바란다.

시인은 많은 일을 하고 있다. 시 전문 월간 웹진 『공정한 시인의 사회』의 발행인 겸 편집주간을 맡고 있으며 〈시노래 마을〉의 대담을 이끌고 있고 교수로서 후학을 양성하는 일도 시작했다. 시조에 대한 남다른 열정으로 이 모든 일을 해내고 있는 것이다. 숙산무지가 "더 중요한 것은 언제나 남아 있다"고 했듯이 시인에게 써야 할 시는 언제나 남아 있고 첫 시집을 내는 시인에게는 더구나 그를 통해 그 가진 모든 아픔과 기쁨이 발현될 것을 기다리고 있는 많은 대상들이 쌓여 있다.

"바닥 모를 수심이라도 너의 끝에 닿고 싶은" 그 마음 늘 잃지 않고 "바다을 내려놓은 이곳에서 / 다락같이 높고 푸른 제 키를 세워갈" 것을 믿는다. 릴케는 "사랑하는 것은 고갈되지 않는 기름으로 불을 밝혀주는 것"이라 했다. 고갈되지 않는 기름으로 모든 순간 속에 있는 영원에 헌신할 시인의 시조가 더 많은 독자의 사랑을 받을 날을 함께 기다리기로 하며 진심 어린 축하의 말씀을 드린다.

눈먼 말의 해변

1판 1쇄 발행	2018년 6월 8일
1판 3쇄 발행	2022년 9월 27일
지은이	류미야
펴낸이	임양묵
펴낸곳	솔출판사
편집장	윤진희
편집	최찬미, 김현지
디자인	이지수
경영관리	이슬비
주소	서울시 마포구 와우산로29가길 80(서교동)
전화	02-332-1526
팩스	02-332-1529
블로그	blog.naver.com/sol_book
이메일	solbook@solbook.co.kr
출판등록	1990년 9월 15일 제10-420호

ISBN   979-11-6020-045-4   03810